구내염

구내염

발행일   2022년 10월 7일

글쓴이   여민영   그린이   정마루, 여민영
펴낸이   손형국
펴낸곳   (주)북랩
편집인   선일영   편집   정두철, 배진용, 김현아, 장하영, 류휘석
디자인   이현수, 김민하, 김영주, 안유경   제작   박기성, 황동현, 구성우, 권태련
마케팅   김회란, 박진관
출판등록   2004. 12. 1(제2012-000051호)
주소   서울특별시 금천구 가산디지털 1로 168, 우림라이온스밸리 B동 B113~114호, C동 B101호
홈페이지   www.book.co.kr
전화번호   (02)2026-5777   팩스   (02)2026-5747

ISBN   979-11-6836-523-0 03810 (종이책)   979-11-6836-524-7 05810 (전자책)

(주)북랩 성공출판의 파트너

북랩 홈페이지와 패밀리 사이트에서 다양한 출판 솔루션을 만나 보세요!

홈페이지 book.co.kr   •   **블로그** blog.naver.com/essaybook   •   **출판문의** book@book.co.kr

작가 연락처 문의 ▶ ask.book.co.kr

작가 연락처는 개인정보이므로 북랩에서 알려드릴 수 없습니다.

구
내
염

글·그림 여민영 / 그림 정마루

북랩

꿈자리가 사나운 것이

그쪽 세계에서는 제가

환영받지 못하는 존재인가 봐요

차례

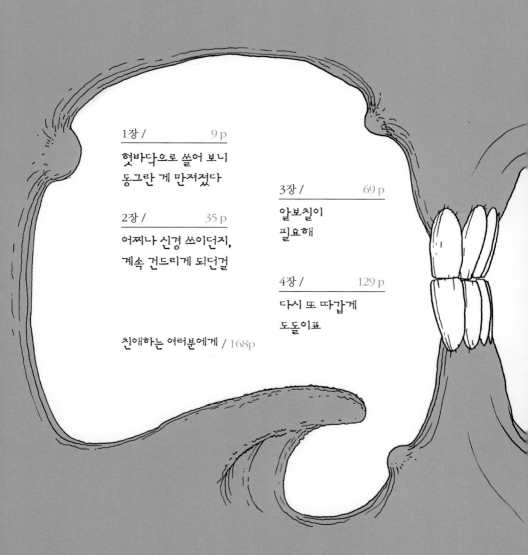

1장 /   9 p

헛바닥으로 쓸어 보니
동그란 게 만져졌다

2장 /   35 p

어찌나 신경 쓰이던지,
계속 건드리게 되던걸

친애하는 여러분에게 / 168p

3장 /   69 p

알보칠이
필요해

4장 /   129 p

다시 또 따갑게
도돌이표

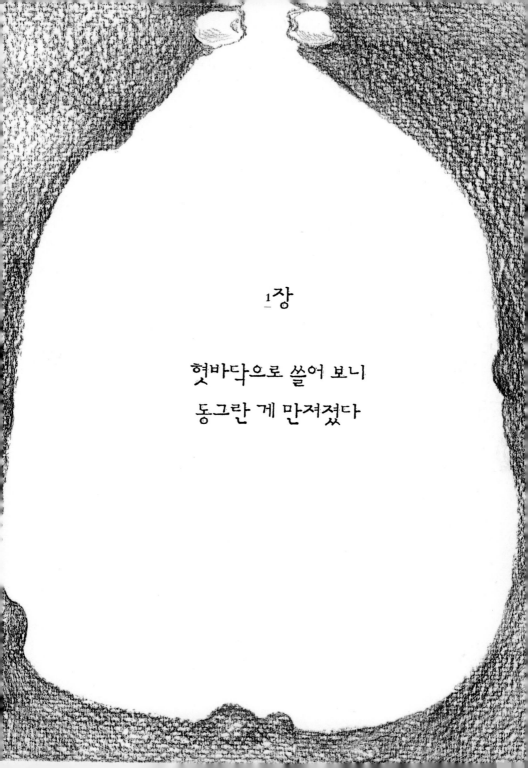

1장

헛바닥으로 쓸어 보니

동그란 게 만져졌다

1

자동차의 속도에 못 이겨
파들대는 꽃 더미들이
눈에 보이기 시작한 순간부터
나는 어른이 되었을지도 모른다

죽음으로 내몰려서 겨우내
버텼던 시간이 아까울 정도로
망가져 버린 몸뚱이를 향해
꽃들은 짜디짠 눈물을 훔치곤
바닥으로 찌르르 파드닥 하고
내쳐졌을 것이다

구내염

2

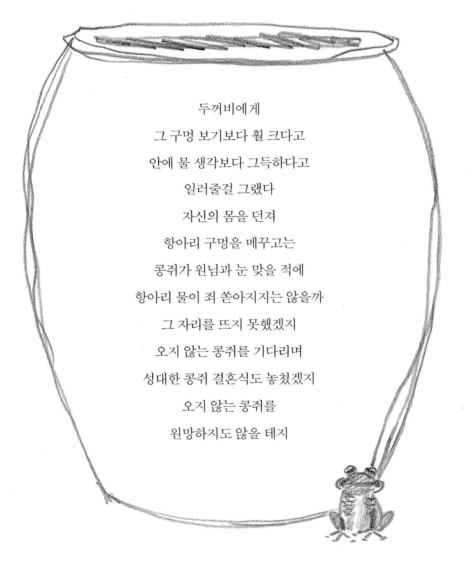

두꺼비에게

그 구멍 보기보다 훨 크다고

안에 물 생각보다 그득하다고

일러줄걸 그랬다

자신의 몸을 던져

항아리 구멍을 메꾸고는

콩쥐가 원님과 눈 맞을 적에

항아리 물이 죄 쏟아지지는 않을까

그 자리를 뜨지 못했겠지

오지 않는 콩쥐를 기다리며

성대한 콩쥐 결혼식도 놓쳤겠지

오지 않는 콩쥐를

원망하지도 않을 테지

구내염

3

데였던 혓바닥을 깔짝대다가
얼마나 많은 것이 불에 지져져 죽는지를 떠올리니
마음이 착잡해졌다.
과연 몇 마리가 산 채로 지져지는걸까
그들의 고통이 과연 몇 번의 깔짝거림으로 지워질 텐가
혓바닥으로 슥슥 입천장을 긁으며 제를 지내 본다

4

멍게는 지 기준에 괜찮아 보이는 돌멩이를 찾으면 뇌를 몸속으로 흡수시켜 버린다는 글을 읽은 적이 있다. 살아갈 최적의 공간을 확보하면 뇌는 더 이상 필요하지 않다는 게 그들만의 논리겠지. 이 요망한 태도는 현실에 안주하고 버젓이 편한 자리만 바라는 요즘 청년들과 큰 차이점을 찾기 어렵다. 젊은 그들을 탓하기엔 순탄치 못한 사회가 문제인 것 같고, 사회를 탓하기에는 또 순리가 그런 것 같아서 생각만 복잡해진다. *꼭 번뜩이는 열정만이 인생의 올바른 지향점은 아니잖아, 누군가에게는 편안함과 지속성이 제일 중요할 수도 있지?* 하지만 그 결론이 또 완벽하게 성에 차지는 않아 난 다시 생각에 빠진다.

아 우리가 좀 멍게일 수도 있지,
아니지. 멍게면 안 되나?

구내염

5

난 항상

돈을 벌어야겠다는 결심으로 살아

매일매일을

꼭 해내야겠다는 마음으로 살아

구내염

그걸 알면서 넌 나한테 그러면 안 돼

신경질적인 밤을 지새우는 날 알면서도

넌 내게 일거리를 주면서

더더욱 못되게 굴면 안 돼

나를 괴롭히면 괴롭힐수록

일이 더 잘 풀리는 것 같다며

장난이라도 치는 듯이

웃음기 묻어난 말투로 빈정대면 못써

나는 정말 매일을 결심하며 살아

그걸 알면서 그 결심을

가볍게 여기면 못써

-거울에 보이는 나에게

구내염

6

내가 봐도 끔찍하고 더러운 질투가

뭉개지듯

목구멍까지 차오를 때가 있다.

7

아마스빈 빨대로 산딸기를 빨아먹는데
부글부글 소리가 나는 거예요
나 갑자기 수족관 하나를 통째로 마시는 기분 들어
퍽 요상했지 뭐예요

이 상큼앙큼 산딸기가
꼭 핏물 어린 물고깃덩이 같아서
기분이 별로였지 뭐예요

구내염

8

초조함에 사무쳐 침만 삼키는 걸 경험하기에
빗길 속 앰뷸런스만큼 완벽한 장소가 있을까요.
비는 비대로 무섭고 죽음은 죽음대로 무섭네요.

무서움에 사무치는 하루를 맛보는 건 인생에서 썩 유쾌한 일은
아니겠으나 한 번쯤 경험할 법한 일은 맞지요. 그렇다고 앰뷸런스
운전자만큼이나 자주 겪어 봐야 한다는 건 아닙니다. 그들은
할짝대는 매일의 두려움이 얼마나 쓰디씁쓸할까요,
그게 또 순간순간 얼마나 사무칠까요?

구내염

9

돈을 잘 벌고 싶다는 욕망이 있습니다
그런데 이 욕망은 정말 저의 욕망일까요?

글을 쓰고 싶다는 욕망이 있습니다
이건 내 욕망이 맞습니다, 단언합니다
행복을 주고 싶다는 욕망이 있습니다
내 목젖부터 우러나오는 욕망임이 틀림없습니다
사랑에 잠식당하고 싶은 욕망이 있습니다
그렇습니다, 이 또한 제 욕망이 분명합니다

그렇담 돈에 대한 내 욕망은요?

"글쎄요?"

허… 참
큰일입니다

구내염

돈 많이 벌어 오겠다고

단언했던 기억들이 하나둘 떠오릅니다

웅장하고 당당했던 그때의 기세가

말하는 새에 조금 줄어든 것 같습니다

부모는 돈 못 벌어도 행복한 나를 사랑하겠지만

돈 없는 현실을 사랑할 정도로

아둔한 사람은 아닙니다

그러면 나는 돈 없는 현실마저도

사랑할 줄밖에 모르는 아둔한 인간인가요

그건 또 아닐 테지요, 에이 그건 아니지요

단지 행복한 나에 취해

가난해질 미래마저 망각하는 걸지도?

그러니 글 쓰는 것마저 불행해지면

현실을 깨닫고 울부짖을 테지요

예술이나 문학 하는 양반들이 꼭 요절하는 이유를

이제야 알 것 같습니다

10

신은 우리에게 시력이라는 우매한 것을 주시었지만 내면의 것을 중시하는 마음을 주시지는 않으셨습니다. 주어진 것에 만족하는 안분지족의 정신은 물론이지 좋을 때도 있겠지만 이때만큼은 아닙니다. 나는 후자의 능력을 기르기 위해 부단히도 애를 썼습니다. 그러나 먼저 주어진 전자의 것이 미련히도 즐거워 너무나도 쉽게 내 마음을 홀리더랍니다. 요즈음 나는 그 생각에 홀로 씩씩대기 일쑤입니다. 대체 왜 인간의 메커니즘을 이딴 식으로 만들어서 나의 22년을 고생하게 만드는지에—언제나 인간답게 생각도 쾌씸한 방향으로 흘러갑니다— 대해 말입니다. 미련하게 본능을 이겨 내지 못하는 우리의 문제인지, 이렇게 만들어 놓은 신의 문제인지 따져 보자면 저는 모든 것을 신의 탓으로 돌리겠습니다. 팔은 안으로 굽는다 하지 않습니까? 내 곁에 있는 당신 탓을 할 바에야, 그저 신 탓을 하렵니다.

구내염

11

소음은 기겁스럽다.

게걸스럽게 킥킥대다가도 음습하게 그르렁거린다.

소음의 내부에는 삶이 있고,

그 삶의 내막이 너무 두텁다.

벌떡 일어나 겉치레만 다감한 이곳의 분위기를 와장창

깨 버리고 싶은 충동에

발이 공중에서 부들거렸다.

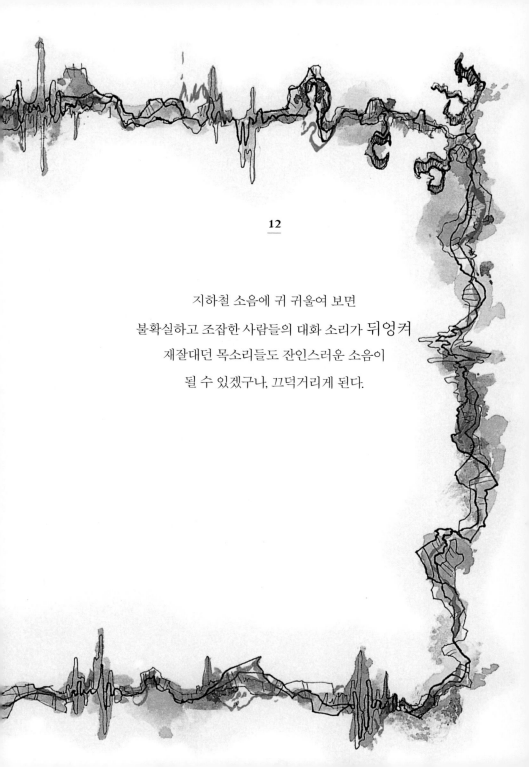

12

지하철 소음에 귀 귀울여 보면
불확실하고 조잡한 사람들의 대화 소리가 뒤엉켜
재잘대던 목소리들도 잔인스러운 소음이
될 수 있겠구나, 끄덕거리게 된다.

13

미지근한 사람이 되려는 건 두려운 일이다
다 타 버려 가루가 되어 버릴까 그게 걱정되어
미지근한 것이 되려는 건 한심한 일이다
너무나도 차가와 꽁 얼어붙은 내가 보기 싫어
미지근한 것이 되려는 건 같잖은 일이다.

미지근+나,
그건 내가 아니다.

구내염

강렬하고 강인하고 강력한 게 나다
한순간 앗 뜨거워라 두려워져도
침 한 번 삼키고 이겨 낼 만큼 강인한 나이다
한순간 앗 차가와 겁이 나도
이 한번 악물고 이겨 낼 만큼 강인한 나이다.

그래 나는

불이라도 한번 붙여 보려 하오
물이라도 한번 얼려 보려 하오
나는 미지근한 나머지 녹는점 어는점 그 어디에도 닿지 못하는
사람이 아니오
나는 1과 10 사이에 머물지 않으려 하5
그것은 내 신념이5.

14

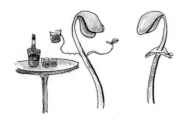

-인생 첫 클럽일지-

한 손엔 술

남은 손엔 핸드폰

사람들은 숙주나물처럼

머리만 내밀고 춤을 춘다

화장실 잠금장치가

노래에 맞춰 춤을 춘다

나는 그것도 모르고

누가 이렇게 오줌이 급해

사정없이 두드리나 하여

염려스러운 마음으로다가

열어 보았거늘…

구내염

무척 신나기야 하지만
노래가 날 관통하는 기분이다
신나지 않으면 날 죽여 버릴 기세다

여전히 모두 다른 마음인데
노래에 맞춰 그냥 고개만
끄덕끄덕하는 거지
흐느적 ~
~ 흐느적
두쿵두쿵 두쿵두쿵
둠치팟치둠치팟치

…속이 안 좋다

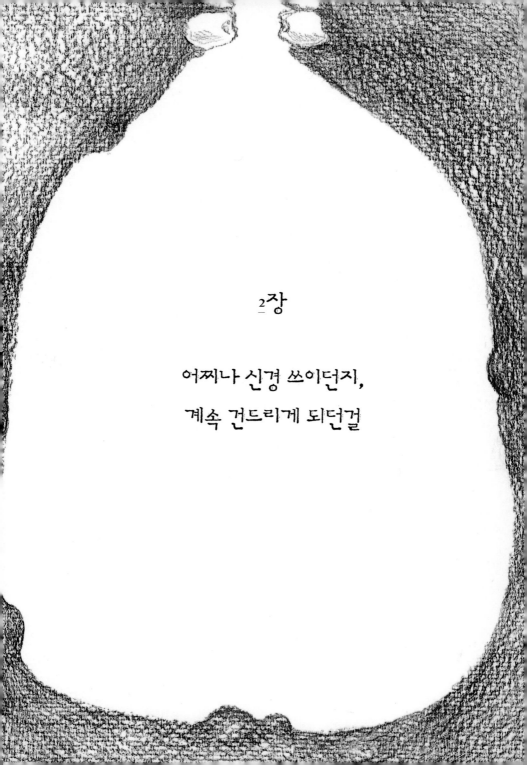

2장

어찌나 신경 쓰이던지,
계속 건드리게 되던걸

15

인간저능

인간은 지능이 높다?

그건 우리 기준으로 정했을 때지 이 맹추들아

다른 애들 기준으로 정해 봐? 아마 우린 바닥을 칠걸

개미 기준으로는, 우리 단합력은 참담함 그 자체야

구내염

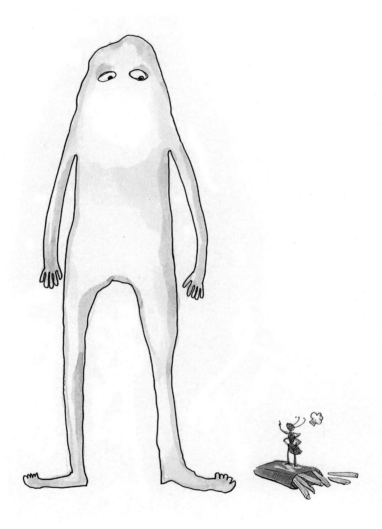

16

집이라는 건
쉽게 무너지는 한 채의 건물
그 이상도 그 이하도 아니었음을
왜 난 몰랐을까요

사이사이 공간을 꼼꼼하게 메꾸던 애정과
하루 새 빼앗긴 기운을 채워 주던 집안의 사랑이
내 집을 단단하게끔 보이게 했나 봅니다
망치와 톱날에 그리 쉽게 박살 나는 존재였음을 나는
왜 몰랐을까요…

어머니, 그래도 어쩜 이렇게까지 쉬울 일일까요?
그렇게 굳건히 자리를 지키던 것이
이렇게 말도 안 될 정도로,
어쩜 저렇게 산산조각이 날 수 있어요?

구내염

무서울 정도로 빨리 생긴다는 그놈의 정,
그만큼 내치기도 어렵다 하던데
돈 앞에서는 왜 그렇게 빨리 내쳐지는 건가요

돈이 뭔가요 돈이?

부러지지 말라고 단단히도 지어 놨음서,
맘에 안 든다고 바로 없애 버리는 게

또 어쩜 그리 이기적인가요?

구내염

당장 해결해야 할 문제: 절 외면하지 말아요

나: 그럼 고통받는 제 내면은요

18

비판에 졸렬한 인간은 땅굴을 판다
어딜 파고드는지
목적성은 있는지도 모른 채로
그냥 연이어 판다

-치졸하기는…
그거 판다고 해서 뭐라도 나오니?
어디 한번
열심히 파보든가!

-아니오 어르신,
조금만 더 파면
땅굴이 제 몸집을 넘어섭니다

-그러면 뭐가 달라지는데?

-제 몸을 다 숨길 수가 있지요?

-이런 우매한 놈,
몸을 다 숨기려거든 윗구멍도 막아야 하지 않겠니

-어르신,
무척 현명하시네요

구내염

그렇게 졸렬한 위인 하나가

다시는 땅굴 위로 올라오지 못하게 되었답니다

19

깨진 것에 가지는 미련이 얼마나 고된지 나는 잘 안다.

깨진 것들을 많이 껴안아 보았고,
나 또한 많이 깨져 보았기에.
무척 처참한 심정이겠지만
깨진 조각이 날카로우니 내려놓아라.
그것이 당신의 붉은 가슴을, 가슴을 찢겨 놓을 테니.

미련을 흘려보내자, 떠나보내자.

그렇게 나는 미련을 버렸다. 홀홀 털어 버렸다. 버려진 미련이 나를 떠난다. 자리가 남는다. 그 자리를 공기로 메꾼다. 자리가 찼다. 미련이 사라졌다. 깨진 것이 채워졌다. 멀끔히 채워졌다.

그래도 마음은 영 헛헛하다.

구내염

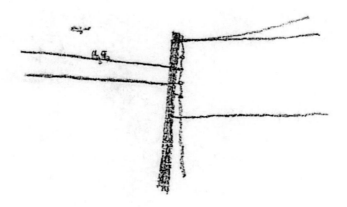

20

동포들아, 우리에게 열정이 없는가, 믿음이 없는가?

어찌하여 우리는 내면에서 용솟음치며 달아오르는 열망을
그대로 묵인하는가!
내가 나의 이름으로 살아가는 삶은 단 한 번뿐인 것을,
어이하여 우리는 가만히 생애를 보내려고만 할 수 있단 말인가.
멋들어진 삶을 일구어 갈 힘조차 없어 개운하지 못한
하루하루를 보낼 만큼 무기력함에 자비로웠단 말인가.
너희들이 청년 거리에 떨궈진 근심 어린 담배꽁초도 아닐 테고,
눈물에 얼룩진 코인 노래방 한구석 휴짓조각도 아닐진대
어찌 내 분한 마음 발하지 않으리오.
아름다운 열정과 믿음, 가슴에만 품어 두지 마라!
비록 우리의 길 앞에는 부담과 제약과 한계와 후회가 즐비하나
마음에 품었던 꿈들을 곱게 종이접기처럼 접어 둘 이유가 되지는
못하네, 우리는 젊다네. 아주 젊다네!

그대는 지금 무엇을 주저하는가!

형제들아, 더 이상 지체할 시간도, 이유도 없다.
세상을 사랑하고, 멋진 꿈을 꾸며, 땀 범벅된 하루를 마무리하는

구내염

것이 우리에게 주어진 사명이다.
자 동포들아, 무료한 삶의 멸망도 머지않았다.

갑갑했던 것들을 던져 버리자, 그리고 내가 사랑하는 것, 내가
열망하는 것, 내가 아끼는 것, 내가 끝끝내 이뤄 낼 것을 찾아라.
눈엣가시 같던 과거의 게으름을 멀리 쫓아내는 것은 하나의 통쾌한
일이요, 행복의 시작이니, 형제들아 일어나라.
그리고 즉각 행동하자.

봉기일은 되도록 조속한 시일로 행하라.

2022년 4월 29일 금요일 17시 27분
동포의 영웅 여민영

-추고-

우리의 이번 봉기는 현행 법률상 아무 문제가 없으며, 누구든 이를 제지
할 수 없다. 만약 이를 제지 또는 방해 행위를 한 자는 방해죄 및 여민영 무
조건 복종 위반죄로 최고 징역 10년, 벌금 백지 수표 이하의 형벌에 처함을
유의하여 쓸데없는 행동을 삼가고 동포의 뜻깊은 행보를 지켜볼 것을 강
력히 표명하는 바이다. 또한 이 글은, 우리의 전 영웅 여운일 군의 봉기 연
설문에서 큰 영감을 받아 작성되었으며, 여운일 군 또한 이번 봉기에 적극
응원을 표하는 바이다.

21

네 생각에 오늘 하루를 다 써 버렸어
평소라면 아까워하리만치 긴 시간이었는데
오늘은 이상하게 하나도 아깝지 않았어
되레
내일 하루를 더 당겨 쓰고 싶었어

22

22살의 나이에 무수한 학생들을 가르쳐 오며 많은 경험을 해 왔다. 뭐 얼마나 많이 가르쳐 봤기에 생색이냐 한 소리 나올 법하지만 지금까지 만난 학생이 최소 100명은 넘을 테니 역시 많이 가르치긴 했다. 나는 세상에 굉장히 다양한 자화상이 있다는 사실을 아이들을 가르치면서 배우고 있다. 아이들의 모습에는 내 모습이 조금씩 담겨 있었다. 기를 쓰고 해내려는 아이, 지쳐서 무력감에 지배된 아이, 명랑하기 그지없어 하루하루가 행복한 아이, 끝도 없는 고민에 하루도 편히 보내지 못하는 아이….

그런 아이들을 보면서 내 어떻게 대충 가르치리. 언젠가부터 나는 아이들 각자의 성향에 맞는 공부 방식을 찾기 위해 무던한 노력을 기울이고 있었다. 이는 가르치는 입장에서 쉬운 길도 아닐뿐더러 뚜렷한 정답도 없으니 난해하기 그지없었다. 그뿐만 아니라, 나에게 최적화된 공부법이 아닌 또 다른 공부 방식을 가르쳐 주기 위해서는 나 또한 기존의 공부법에서 벗어나야만 했다. 남 고집 꺾는 것보다 내 고집 꺾는 게 어렵듯이, 알고 있던 공부법에서 새로운 공부법을 받아들이고 다시 응용해서 가르치는 건 나에게도 큰 용기가 필요했다. 그리고 그 노력이 결실을 맺어 아이들에게 도움이 되었을 때만큼 행복한 일은 없었다. 역시 가르치는 건 뿌듯한 일이다.

그렇다고 유난스럽게 행복한 일이라고 자부할 일은 또 아니다. 분명 굉장히 지치고 상처받는 일이다. 누군가를 가르치기 위해서는 체력 소모가 극심할뿐더러, 학생의 보호자와 마주하면서 발생하는 문제도 감당해야 한다. 우리 엄마야 부모로서니 자식 사랑에 참아 가며 키웠다지만 학생은 내 자식이 아니기에 현자의 마음으로 그를 완전히 이해하기는 어렵다. 어린 학생에게 상처를 주지 않으려면 내 속을 꼬집으며 참아야 한다. 그럴 때면 나 역시 몇 년 전 어린아이였다는 것을 증명이라도 하듯 고스란히 그 상처를 내가 받아 버리기도 한다. 그러니 이럴 때는 속이 여간 더부룩하지 않을 수 없다.

어릴 때는 선생은 선생을 위해 태어난 사람이라고 생각했는데 이제 보니 선생도 선생으로 거듭나기 위해 수많은 노력을 했으리라 감히 짐작한다. 그도 잡념에 잠을 설치는 불행한 학생을 보며 새벽녘 고민에 빠졌겠지. 과연 어떻게 해야 이 학생이 행복해질 수 있을까, 늦은 밤 술 한잔 기울였을 수도.
　내가 사랑하는 선생은 날 단 한 번도 대강 가르치신 적이 없었을 것이다. 나 또한 그렇다. 나는 단 한 번도 누군가를 대강 가르쳐 본 적이 없다.

구내염

23

기린이 우리에게 궁금하대

기린은 키가 큰 게 그냥 그렇대, 별생각도 안 들고.
솔직히 몸이 그저 긴 것뿐인데 무슨 생각을 하겠어?
그런데 자꾸 주변에서 이렇다 저렇다 하고
쓸데없이 말을 얹는 거지, 한숨 푸욱 쉴 만큼 자주.
그럴 때마다 기린은 정말 곤란했대.

그래서 참다 참다 결국 기린 말하길,
"왜 길어서 좋고 길어서 나빠?
난 짧아 본 적이 없어서 어떤 게 좋을지 잘 모르겠어.
다들 무얼 알고 이건 이렇다 왈 저건 저렇다 왈 하는 거지?"

24

그

의 유일한 취미는 남의 호주머니에 거슬릴 만한 쓰레기들을 넣어 두는 것이었다. 샤프심, 잘린 종이, 작고 뾰족한 나뭇가지 등 종류는 다양했다. 애먼 짓을 당한 상대가 인상을 팍 쓰며 주머니에 넣었던 손을 빼낼 때마다 그는 묘한 희열을 느꼈다. 그럴 때마다 그는 시큰하게 내려앉는 심정을 들키지 않기 위해 뻔뻔히도 걱정을 더해 놀란 척을 했다. 그는 치밀하게도 절대 핏덩이가 뚝뚝 떨어질 만큼 위협적인 것은 넣지 않았다. 손톱 밑에 박혀 거슬릴 법한 것들, 따끔거려 짜증이 날 법한 것들만 넣어 두었다. 누구에게도 말할 수 없는 악취미였다.

어쩌면 그런 탓도 있었다. 방금 일어난 상황에 자신의 영향이 막대했음을 곱씹으며 '그래, 나는 누군가의 삶에 파장을 줄 만큼 존재감 있는 위인이구나' 하고 만족스러워하는 것이지. 그 곪아서 문드러진 심정을 그는 희열이라고 생각했는데, 어쩌면 수치심일지도 모른다고 오늘부로 그는 깨달았다. '이것밖에 안 되는 나구나.' 스스로를 부끄러워하며 달아오른 모멸감이 뭉글뭉글 피어나 그의 혈에, 두에 퍼져 희열로 둔갑했던 것이다.

25

"이해하기 어려운 난해함은 너만 알든가."

실은 누구보다도 예술에 비관적인 입장이야. 그러니 이 부분은 또렷이 설명해 줄 수 있다고. 걔들은 지들이 무슨 이해받지 못하는 소수인 양 차분한 목소리로 달관자 행세를 하거든. 미안한데 그건 달관이 아니라 과도한 비약일 테야. 너조차도 네가 뭘 말하고자 하는지 확실히 모르면서, 이해하지 못하는 세상에 의문에 의문을 품은 척 꼬치꼬치 캐묻는 게 참.

이게 정말 코미디지. 안 그래?

구내염

26

궁상맞게 글쓰기

저는 길을 걷다 짜릿한 생각이 들면 하던 일을 죄 제쳐 두고 메모장을 켭니다. 그러다 보니 가끔 적절하지 않은 상황에서도 그 알량한 글 하나 써 보겠다고 궁상맞게 굴 때가 있습니다. 손이 없을 때도 굳이 쓰겠다고 허겁지겁 휴대전화를 드니 왼쪽 손에 들린 비닐봉지가 터지고 오른손에 걸친 종이 가방에 물건들이 쏟아져도 에라 모르겠다 죄 던져 두고 글을 씁니다. 가끔 이런 나 덕에 울고 싶을 때도 있지만 뭐 어쩌겠어요, 나는 아직 어린 예술가이자 초짜 글쟁이인걸요. 이러다 보면 언젠가는 정말 멋진 작가가 되어 있겠지요, 그렇겠지요.

27

나는 우리 엄마가 최정선이라고 생각한다.

최정선은 나와 있으면 엄마가 되고
최정선은 여민규와 있으면 또 엄마가 되고
최정선은 여운일과 있으면 아내이자 민규민영 엄마가 된다
최정선은 여대현과 있으면 며느리이자 민규민영 엄마(지금은
기억하시는지 잘 모르겠으나)가 될 것이며
최정선은 이인숙과 있으면 딸이자 민규민영 엄마가 된다.

하지만 내 어머니는 엄마도 며느리도 딸도 무엇도 굳이 미주알
고주알 붙이기 전에 최정선이다.
나는 남몰래 그녀를 최정선으로 부른다.
마음으로 속삭인다, 엄마는 최정선이야. 엄마는, 최정선.

28

거미

거미 씨의 관심사는 오로지 거미줄 꾸미기였다. 거미줄을 온전하게 관리하기란 쉬운 일이 아니었고 그러기 위해서는 오랜 시간을 공들여야 했다. 곱게 매만지고, 다듬고, 깔끔하게 정돈하기 위해 거미 씨는 결국 배를 곯았다. 사체들이 거미줄에 뒤엉키면 거미줄이 더러워졌기 때문에 차라리 그럴 바에는 곯은 배를 부여잡고 견디는 편을 택했다. 이슬이 맺힌 거미줄 사이사이로 찬란한 하늘이 수놓아져 있었다. 수척해진 모양새로 반짝거리는 거미줄을 바라보는 거미 씨의 입가에 마른 미소가 피었다. 난국에 태어난 위인이 대접받지 못하듯, 태어난 대로 살아가지 않는 거미 씨는 거미로서 매우 최악이었다. 그도 그걸 알면서, 고집만 부렸다.

· · · ·

거미 씨는 이웃들과 사이가 영 좋지 않았다. 안 그래도 줄 놓을 자리가 넉넉지 않아 이런저런 소리가 나오는 마당에 먹이도 잡지 않으면서 쓸데없이 자리 차지만 하는 거미 씨의 거미줄을 좋게 볼리 없었고, 마찬가지로 그 또한 자신을 탐탁지 않게 보는 이웃들을 고깝게 여길 뿐이었다. 이웃들은 종종 거미 씨의 집 근방을 어슬렁 거리곤 했다. 괜히 말을 얹어 자신의 심기를 불편하게 하려는 심산을 거미 씨가 모를 리 없었다. 그는 그럴 때마다 안 그래도 융통성이라곤 다 팔아먹은 얼굴을 더 구기며 거미집 동굴로 들어가곤 했다.

"참, 아름다움도 모르다니 무척이나 안타깝기도 하지. 멍청한 작자들, 죽은 눈깔로 살아가는 당신들이 깨달음을 얻어 외로워진 나보다 더, 그래, 더 불쌍하다." 그렇게 씨부렁대면서 말이다.

거미 씨는 이 근방에서 유명 인사였다. 대부분의 주민은 거미 씨를 '예술가'라고 불렀지만, 그 호칭 속에는 비아냥거림이 분명하게 섞여 있었다. 주민들은 거미 씨의 '예술가다운 면모'를 이해하지 못했다. 그도 그럴 것이 거미 씨는 여느 거미들과 너무나도 다른 존재였다. 거미 씨는 거미줄로 먹이를 잡지 않았다. 웃기게도, 신줏단지처럼 거미줄을 모셔 두고는 허기질 적 후닥닥 뛰어 내려와 개미나 날벌레 따위를 잡아먹었다. 그것도 모자라 누가 쫓아오기라도 하듯 급하게 식사를 끝내고 거미줄이 있는 곳으로 재빨리 올라가는 것이었다. (이 허둥대는 모습이 꽤 우스꽝스러워 터져 나오는 웃음을 참기란 쉽지 않았다고 하더라.) 거미줄이 새벽 댓바람에 살짝 망가지기라도 하면 그날은 거미 씨가 배를 곯는 날이었다. *거미는 작아도 줄만 잘 친다

---

*　거미는 작아도 줄만 잘 친다는데: 모양은 비록 작아도 제 할 일은 다 한다는 말

는데 속담의 주인은 그렇지 않으니 기가 막힌 일이었다. 근방 거미 들은 거미 씨의 기행을 이해하지 못했다. 거미줄이야 망가지면 다시 지으면 그만이고, 먹이야 거미줄로 잡으면 그만 아닌가. 대체 알량한 거미줄 그게 뭐라고, *아호라도 지어 주리? 지금이야 배를 곯아도 큰 문제가 되지 않겠지만 날씨는 곧 추워질 테고 거미 씨는 더 늙어 갈 것이었다. 날씨가 추워지면 걸어 다니는 곤충들도 줄어들 테고, 잡히는 먹이도 적어질 텐데 거미라는 작자가 거미줄도 없이 무슨 사냥을 하겠단 말이야?

늦여름 거미 씨는 근 삼 일을 거미줄에서 내려오지 않았다. 거미 씨 밑에서 걱정의 목소리가 하나둘 생기기 시작했다. "저러다 정말 죽을지도 몰라, 삼 일을 먹지도 마시지도 않고 버티다니." "무얼 걱정한대요? 굶주리면 지가 알아서 내려오겠지." 수군대는 주민들의 목소리를 거미 씨는 듣지 못했다. 거미 씨는, 최고가 될 작품의 완성을 고대하며 거미줄을 당겨 엮을 뿐이었다.

사 일 째 되던 날, 주민들은 먹을 것을 물어 와 땅 아래 두기 시작했다. 제아무리 거미 씨를 불러 보아도 그는 텁텁한 등을 보이며 거미줄만 뽑아 낼 뿐이었다. 모두 그를 진정으로 걱정하고 있었으나, 그럼에도 왜 그가 거미줄 꾸미기에 집착하는지는 다들 도저히 이해

---

* 아호 : 예술가의 호

하지 못했다. 어쩌면 나무 밑 주민들은 곧 있을 불행이 저 아이의 운명임을 직감했을지도 모른다. 한편 거미 씨는 점점 그만의 윤기를 잃어 갔다. 푸석하고 비틀어진 다리털 위로 앙상하게 드러난 살가죽이 미련스럽게 느껴졌으나 그동안의 생기가 거미줄을 위해 존재했다는 듯 다리는 계속해서 움직였다. 옳은 일을 하고 있다는 듯 말이다.

거미 씨의 죽음은 너무나도 예상한 그대로 일어났다. 늦여름 쌀쌀해진 공기에 잔기침이 나오는 어느 새벽, 거미 씨는 거미줄을 막 완성했다. 정말 아름다운 거미줄이었다. 우리가 아는 모양의, 같은 형태의 거미줄일지 몰라도 그 규칙성과 일정한 굵기가 조화롭게 구성되어 온전히 그 자체로 존재하고 있었다. 마지막 가로줄을 완성한 거미 씨가 눈을 깜빡였다. 거미 씨는 이 최고의 예술 작품을 한눈에 보고 싶었다. 비틀대며 나무 기둥으로 다리를 옮기는 순간, 거미 씨는 떨어지는 새벽 비에 머리를 맞았다. 순간 머리가 핑 돌며 거미 씨는 땅바닥으로 추락했다. 쏟아지는 비가 건조한 그의 온몸을 적셨다. 비는 점점 굵어졌다.

거미 씨의 장례식은 삭막한 분위기 속에 진행되었다. 거센 비에 목숨을 부지하기 어려울까 다들 오래 머무르지 않고 장례식장을 벗어났다. 거미 씨의 거미줄은 이미 비를 맞아 다 찢어져 볼썽사납게 너덜거렸다. 아아, 아름답던 거미줄이 실밥처럼 흐늘거리게 되었나니. 마음 아파라, 거미 씨. 차라리 먼저 죽어 버린 것이 나을 수도 있겠다. 마지막으로 본 거미줄은 완전하고 찬란했으니. 늦여름 들어 잘 오지도 않는 비가 하필 오늘, 추적대며 내렸다.

구내염

29

그냥 자꾸 생각나서 그런데요,

어쨌든 돈을 잘 벌어야겠죠?

그런 거…겠지요?

구내염

요즘 단합이니 함께하는 힘이니 하던 말들이 무색하게 개인주의 사회가 도래했다고 하더군요. 실로 그렇습니다. 전만 해도 다 같이 모여 사방치기를 하고 공기놀이를 했는데 눈 떠 보니 혼자 컴퓨터 앞에 앉아 키보드나 두들기고 있다고 하네요. 요즘 늙은이들은 급격히 변화한 사회 속에서도 젊은 개인주의자들에 대해 싫은 티를 팍팍 내던데, 솔직히 전 개인주의가 뭐 얼마나 잘못된 건지 모르겠습니다. 이기주의와 개인주의는 다르지 않습니까. 단체로 음료를 시켜도 '엔빵'이라는 규칙 안에서 군이 먹고 싶지도 않은 가장 비싼 음료를 시키는 멍청이도 있지 않나요. 가끔은 몰려 있는 사회보다 흩어져 있는 사회가 편한 사람들도 있습니다. 낙엽은 모아 두면 짐짓 쓰레기 같아 보여도 하나만 똑 떨어져 있으면 뚜렷하게 두각을 드러내지 않습니까. 그러니 늙은이들(또는 나 같은 애늙은이들)은 개인주의적인 젊은이들을 고깝게 보지 않도록 노력해 봅시다. 그들은 우리가 미운 게 아니라 혼자가 편한 것뿐입니다.

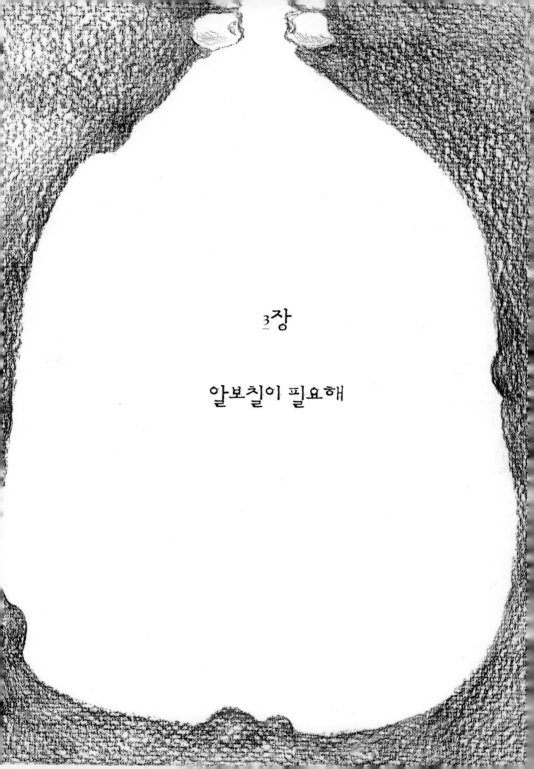

3장

알보칠이 필요해

31

물관 노릇 못하는 물관에 대하여

참 웃긴 게, 물관으로 만들어 놓은 물관이 제 노릇을 못할 수도 있더랍니다. 본래 있어야 할 위치에 꽂아 두지 못하면, 물관이라면 당연하게 할 만한 일도 당연해지지 않는다고 합니다. 물관은 이제 제 할 일조차 제대로 못하는 바보 벅수가 되어 졸졸 새는 물을 그대로 낭비할 것입니다.

그럼 물관은 이제 무엇인가요? 물관이라고 할 수 있나요? 이제 물관은 '물관'이 아닌 다른 것이라고 불러야 할까요? 그러면 물관은 물관으로서 그 쓸모를 잃나요? 아니면 그냥 그 존재 자체가 쓸모없어지나요?

제아무리 거세게 눌러도 튀어 오르지 못하는 쓰레기통 뚜껑이라든지(나는 이걸 굳이 버리지 않고 망가진 뚜껑을 직접 들어 사용합니다.) 덜그럭덜그럭 사망하기 일보 직전의 볼펜 꼭지라든지 제멋대로 인식하는 자동문 그리고 나열하기엔 귀찮은, 다양한 것들…. 삶의 언저리에서 맴도는 것들, 지우려 애쓰지 않아도 지워지는 것들과 우리는 일상에서 쉽게 함께할 수 있습니다. 막상 물어보면 당장 떠올리기

구내염

어렵지만 우리는 하루에도 여러 번 그것들을 스쳐 지나갈 것입니다.

나는 이것들을 언젠가부터 무척 어여삐 여기기 시작했습니다. 이들은 사람들로부터 애정을 잃어버린 지 이미 한참이 지난 것들이거든요. 애정을 받지 못한 것들은 꼭 티가 납니다. 색이 바랜 눈동자와 무의미하고 반복적인 행위들이 애정을 받지 못하게 된 이유이자 증거로 남아 있거든요. 인간도 그렇지요. 애정 받지 못한 과거들을 뱉어 내는 기침과 울먹대는 미간이 이를 증명하지 않습니까. 이런 점을 미루어 보아, 무분별한 추측이지만, 내 생각엔 물건들도 숨을 쉬는 것 같습니다. 잘 떠올려 보세요. 오래 쓴 물건으로부터 삐그덩 뱉어 내는 한숨을 들어 본 적이 있으실 텐데요?

물관도 그랬습니다. 기어코 밖으로 게워 내는 물세례가 '물관' 스스로 이름값 못 하는 걸 증명이라도 하듯이 몸통 밖으로 쏟아져 넘칩니다. 물관은 허둥허둥 악을 썼겠지만 그렇다고 쉽게 해결될 일입니까? 노력으로만 고장 난 틈을 메꾸어 내기에는 삶이란 한계가 있지요. 과정이 어떠했든 결과적으로 물관은 물관 노릇을 하지 못했습니다. 누수되는 물을 보며 물관이 할 일은 노력하기, 부정하기, 긍정하기, 그리고 다시금 부정하기, 애원하기, 가까스로 수긍하기, 멍청하게 바라보기 정도가 다일 것입니다. 나는요, 지 할 일을 못하는 인위적 사물일지라도 물관을 애정해 보기로 했습니다. 어여삐 여기고 다정히 대하며 내 따듯한 볼을 차가운 스텐에 비벼 보겠습니다. 고장 난 물관일지라도 충분히 가치가 있다는 것을 나는 그렇게 증명해 보려 합니다. 나는 이 물관이 물관 노릇을 결국 해내지 못했더라도, 위로 한 모금 삼키고 고운 잠에 빠지길 기도하겠습니다.

구내염

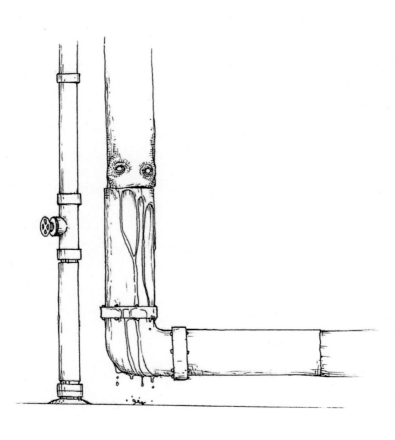

세상에 당연히 되어야만 하는 일은 없다고,

나는 정답만이 판을 치는 사나운 현대 사회에 우뚝 서서

꼭 외치겠습니다

32

한 뼘의 푸념

"그 뭐랄까,

나는 가끔 내가 좋아하는 것들을 네가 좋아하지 않을 수도 있다는 사실을 망각해. 그건 그럴 수 있어, 맞지? 그렇지만 이런 걸 가지고 서운해하고 그러면 안 되는 거잖아."

"(침묵)"

"그런데도 참, 그게 무척이나 서운할 때가 있어. 너의 조그만 입매무새부터 애매한 길이의 머리카락까지 전부 사랑해서 너의 취향도 전부 사랑해 보고 싶은 내 마음을 너는 알까, 너도 나만큼 그랬으면 하는 마음에 내심 섭섭해지는 거지.

내 말은, 그니까 내가 하고 싶은 말은…
내가 널 좀 많이 좋아해. 민망하지만 참말로 사실이 그래. 진심으로 진짜 네가 좋아서 몸 둘 바를 모르겠어."

구내염

"(무슨 말을 꺼내려다 다시 침묵)"

"그러니까 내 취향을 마구 드러내 널 여간 짜증스럽게 만들어도 귀엽게 봐 주라.

이건 단지 한 뼘의 푸념이야, 너로 그득 찬 나의 세계 속 딱 한 뼘 비워 둔 너에 대한 푸념."

구내염

33

그래 내 사랑은 편식이 심해요

꼭 그렇다. 비위가 약하다는 핑계로 먹을 것도 이것저것 가려 대면서 그림조차도 그렇게 편식이 심하다. 나는 푸른 하늘과 초록 정원을 좋아해도 자주 그리지는 않는다. 강아지, 고양이, 쥐, 개미, 도마뱀 등 살아 숨 쉰다면 전부 좋아한다고 자부할 정도지만 그리는 데에는 취미가 없다. 공주, 기사, 마법사, 요정들을 그리는 것에도 역시 관심 없다. 나는 사람을 그린다. 살아 숨 쉬는, 생기가 넘치는, 어쩌면 조금 까다로운, 움직이고 있는 여러분을 그린다.

조금 의문을 가진다. 왜 사람인가? 왜 많은 것 중 사람인가? 그림을 배우기 전 민영은 사람이 그리기 제일 쉬운 소재라고 생각했다. 그건 이제 내가 해부학을 배워 보지 않았을 때니 그렇지, 보는 눈이 높아진 민영은 어긋난 해부학이 그림에서 보이는 순간 눈앞이 아득해지는 수준에 도달해 버렸다. 손이 눈을 따라가지 못해서 현재 황새 따라가다 다리 찢어진 뱁새 꼴이다. 결론은 사람 그리기 '겁나' 어렵다는 거다(심지어 그릴 때마다 예술적 자괴감이 극심하다. 참마음 아픈 일이다).

그런데도 왜 사람을 그리는가? 이 질문에 답하기 전, 여러분들에게 먼저 알려 주어야 할 것이 있다. 바로 민영이 해결해 나갈 여러 문제점의 시작이자 내 삶의 원천, 민영의 '인간사랑'을 말이다. 나는 모든 이가 당연히 사람을 사랑한다고 생각해 왔다. 얄미워도, 원성을 내어도, 꼬집고 물어뜯고 피를 봐도 결국 사랑하기에 서로 져 주고 껴안는 그런 게 인간관계라고 생각했다. 그런데 생각보다… 음, 다들 서로 사랑하지 않더라고. 그들의 혐오가 사랑에 의한 혐오가 아니라 혐오에 의한 혐오 그 자체였음을 깨달았을 때 나는 비로소 알게 되었다. 사람을 사랑하는 게 마냥 좋을 일인지는 모르겠으나, 확실히 모두가 그러고 있지는 않다는 것을.

구내염

사람은 움직인다. 정말 사랑스러운 일이다. 길거리의 사람들이 짝지어 움직인다. 귀엽다. 어떤 관계인지에 따라 표현의 방식이 다르다. 틱틱 대고 깔깔대고 부둥 대고 어색해하고 화를 내면서도 차가우면서 따듯하기도 또 미워하기도 하는데 그게 참 어여쁘다. 그의중이 어떨지는 몰라도 나는 멋대로 모두를 사랑해 보기로 한다. 어떤 삶을 살아왔는지, 어떻게 살아가 볼지 물어도 알 수 없는 게 각자의 인생이지만 그들의 인생에도 한구석 정겨움이 있었으리라 생각하면 사랑 안 하기도 어렵다. 나에게 못된 인연이었을지 몰라도 그조차 그의 인생에서 정겨움이 있었으리라. 모든 이가 충분한 사랑을 받으며 살았다고 장담은 못 하겠지만 비어 있는 그곳을 임의의 내가 몰래 채워 두고 있다는 사실을 그들이 알아차리길 바라기도 한다. 내가 여기서 널 사랑하고 있어요, 스쳐 가는 사람아. 그러니 슬플 수는 있어도 너무 사무치게 외로워하진 말아요, 다정한 그대에게 한마디.

글쟁이는 사랑하면 글이 는다고 하지, 그림도 애정이 없으면 종이 위로 팍팍 묻어난다. 나는 사람을 사랑해서 그린다. 왜 사람이었어야 했냐고 묻는다면 우습게도 이게 정답이다. 나는 사람을 사랑해서 이렇게 매 순간 스쳐 가는 사람을 그린다고, 그리고 그리는 매 순간 그들의 안녕을 바란다고. 그래, 이게 맞다.

구내염

〈스쳐 가는, 또 사랑하는 사람들에게〉

34

애, 피겨에서도 그냥 넘어지는 거랑

아름답게 넘어지는 것에서

점수 차가 난다 그러더라

그리고 실수로 끝나지 않고 그걸 응용해 표현으로

마무리한다면 더더욱 말이야

그러니까 너도 넘어진 이후가 중요해

넘어지기도 하는 거지

누구나 그래 보기도 하는 거지

다만 어떻게 넘어지느냐

넘어진 후에 어떻게 보여 줄 것이냐

그게 제일 중요해, 알겠지?

구내염

구내염

35

갑자기 말이에요
내 똥꼬가 아직도 있는지 갑자기 막
두려워지는 거예요

남몰래 슥 만지작대 보니 아직 있기에
휴우 다행이다 하고

발가락도 곰질곰질 움직여 보고
혓바닥도 질척질척 매만져 보고
손가락도 이리저리 휘젓다 보니
나 아직도 남아 있구나 내 곁에
그렇게 또 고마워지는 하루인 거예요

세상에, 내 곁에 남아 있어 주는 것들이 너무 어여쁜 거 있죠

36

세상이 미워지는 순간

학교 작업복인 점프수트를 구입하려고 입금 폼에서 사이즈 란을 봤는데 프리사이즈였다.

총 기장은 150이더라, 내 키는 148인데.

얼굴까지 곱게 보호 가능

구내염

37

친구가 미워지는 순간

친구가 문신을 하고 싶다며, 조그만 문신을 할 거라 했다. 나는 그거 멀리서 보면 큰 점이라고 놀렸다. 친구는 침착하게 너도 멀리서 보면 작은 점이라고 말해 주었다. 나는 심지어 큰 점이라고 말해 줬는데, 야비한 놈.

구내염

38

개랑 안 지 얼마 안 되긴 했는데
한 일 년? 되었나
진짜 금방 친해졌어
한 한 달 만이었나
내가 개를 좋아하는 게 아니라
개가 나를 좋아해
오늘도 달리자고

-술, 네가 최고다

39

너 뭘 잘하니? 누군가 그렇게 물어본다면
그냥 저는 한참 고민하다가
'미술이요?' 그런 말은 못 하고(그건 영 아니니까)
매미를 잘 발견한다고 말할 것 같아요
뚱딴지같지만, 제가 매미를 진짜 잘 찾거든요
어렸을 때를 꼭 곱씹어 보자면 저는 집 주변 동네
구석구석을 돌아다니는 까무잡잡한 아이였어요
답지 않게 길쭉한 잠자리채를 들고서는 높은 나무를
높은 나무의 가지 기둥을
가지 기둥 갈라진 틈을
갈라진 틈 그 사이 맴맴
그 사이 맴맴을 잡는 그런 하루를
쨍하니 더운 하루를 보내는 민영이었어요

그때처럼 지금도 저는 매미를 잘 발견해요
매미를 보는 법은 간단해요

구내염

만약 내가 매미였다면? 한 번 생각해 봐요
그리고 두 눈을 부릅뜨고 나무 주변을 빙글빙글 돌며
미세한 부분까지 전부 다 관찰해 보는 거예요

내 숨소리가 점점 작게 들리면서
나뭇등걸의 거칠거칠한 질감에
나무 위 오도도 기어오르는 애벌레 소리가
짹짹 새소리와 함께 떨어지는 나뭇잎의 속도가
무척이지 쨍한 햇볕을 뒤로하는 내 걸음에…
다 알 수 있을 거예요. 모든 것을 말이에요

그러다 보면 있을 법한 곳에서, 반짝!
매미 날개 비늘이 빛나고 있겠죠

우와, 맴맴 아주 손쉽게 발견!

구내염

40

숨을 한 번 참아 보고, 후우후우 내쉬어도 보고.
손가락을 꾸물꾸물, 발가락을 꾸벅꾸벅 움직여도 보고.
한참을 망설이던 자세에서 오도도도 발돋움해 뛰어 보기도 하고.
힘주었던 몸을 스르르 풀어도 보고.

나는 그냥 세상이 따듯해서, 차가워서, 눅눅해서, 버석해서 감사
합니다. 햇빛을 받아 따듯해진 눈망울이 벅차오름을 견디지 못하
고 눈물을 떨구기도 했습니다. 초록색 잔디 위로 달려 나감에 뛰고
있는 가슴 위로 손을 얹어 보기도 했습니다. 이 두근거림을 다른 사
람들도 알고 있을까, 당장이라도 전해 주고 싶은 몽글몽글함에 숨
이 가빠 오기도 했습니다. 세상은 아름답다고, 반짝반짝 빛나고 있
다고 이유 없이 소리치고 싶었습니다. 과연 나만 그런 걸까요? 혼자
독차지하기에는, 아까우리만치 아름다운 행복함인데.

이럴 때마다 제가 느끼는 행복감은 말입니다, 그 어떤 곳에서 느껴지는 감정보다도 푸근하고 따스합니다. 숨이 찰 때까지 달려 본 마지막 기억이 모두들 언제인가요? 어릴 적에는 이유도 없이 그저 달리는 게 좋아 달렸는데, 어른들에게 달리기란 아침 출근길 버스를 놓치지 않기 위한 최후의 수단밖에 되지 않는 걸까요. 특별히 달리기를 취미로 두지 않는다면, 달리기를 위한 달리기의 재미를 점점 잃어 가는 것 같아요. 어릴 적 취미의 상실이라, 안타까운 일이죠. 비단 몸으로 하는 달리기뿐만이 문제가 아니에요, 어른들을 보세요! 목적만을 향해 달리기만 하면서 분별 있는 행동이라고 자부하잖아요. 어릴 때 달려보셨다면 아실 텐데요, 잠깐 쉬어가며 본 꽃들이, 돌아설 때 느껴진 바람결이, 달리는 것에서 오는 상쾌함이 달리기를 더 재미있게 만들어 준다는 걸요. 그런데 어른들은, 어른들은 또 그걸 모르더군요. 달리기가 재미있는 나에게 이것저것 따져가며 훈수를 둬요. 그저 그놈의 목적만이, 그놈의 효율만이 제일 중요해서 말이죠.

효율? 갑자기 이상합니다. 그러니까, '달리기'에서마저 '효율'을 따져야 할까요? 달리면서도 상승세인지 하락세인지 이득인지 손해인지를 계산하며 왈가왈부해야 하나요? 좀 달려보면 안 될까요? 아직 무엇도 정해진 것이 없는 나인데 그저 달려볼 수는 없는 것인지. '그저'라는 것이 어려워서, 이유가 없으면 달리지를 않고. 또 머뭇대

야만 하는 것이….

발이 팅팅 지구를 튕기고, 나는 이유 없이 또 뛰어 봤습니다. 가끔은 같잖은 상념들을 죄 지워 버리고 뛰는 날도 있어야지요. 발에 어제 내린 비도 함께 팅팅 튕깁니다. 지구와 비와 상념들이 전부 팅팅 튕팅 탱탱 튕겨 나갑니다. 오늘 날씨는 흐리지만 나는 밝습니다. 벅차오르는 마음에 행복합니다.

구내염

大器晚成(대기만성)
부제: 가뭄에 갈라져 버린 그릇도 大成할 수 있나요?

"○○ 씨, 그래서 이 회사에 지원한 이유가 뭡니까?"

이유?⋯ 이유요? D군은 이해하지 못했다는 듯 머리를 까딱거렸다. 영 좋지 않은 면접 태도임을 지적이라도 하듯 면접관의 구둣발도 함께 까딱거린다. 그래요, 이유요. 그리고는 정적. 면접관은 그르렁 가래가 쌓인 한숨 소리를 내며 자세를 고쳐 앉았다. 사실 이 정적은 면접관의 질문에 대한 D군의 대답이나 다름없었다. 면접관도 그걸 아는 듯했다.

그렇게 D군은 회사 밖으로 나왔다. 애초에 D군의 본심은 회사 어디에도 머물러 있지 않았지만, 어쨌든.

D군이 느낀 감정은 '곤혹'이었다. 곤혹스러움이 어떤 결론을 의미하는지는 몰라도 확실히 무엇에 의해 생겨났는지는 알 수 있었다.

"이유?" 그것만은 정말 도통 모르겠다. 그게 원인이었다. 면접 중에, 나름 괜찮아 보이던 회사를 뛰쳐나와 지금 이렇게 하늘을 보고 있는 이유. 이유가 곧 이유가 되는 하루였다.

구내염

D군은 발랑 나자빠진 개미 한 마리를 빤히 응시했다. 개미는 어디 짓눌려 막 병신이 된 상태로 이리저리 몸을 뒤틀었다. 살고 싶다는 듯이, 반병신이 되어서라도, 살겠다는 듯이. D군은 실소했다. 발 조금만 잘못 디뎌도 죽기 십상인 세상인데 나는 뭘 위해 이곳에서 버티는가. 개미나 나나, 살기 위해서, 죽지 않으려 이렇게도 고생이구나.

D군은 그렇게 꽤 오랜 시간을 쭈그려 앉아 있다가, 별안간 개미 주위에 널려 있는 별의별 생물들에 놀라 악 소리도 못 낸 채 엉덩방아를 찧었다. 쥐며느리, 딱정벌레, 죽은 지렁이, 귀뚜라미, 날벌레, 매미 껍질… 우글대는 것들이 훤히 보이니 정신이 아득해졌다. 진절머리를 치며 D군은 일어섰다.

야밤 황망한 육지에는 온통 귀뚜라미 새끼뿐이었다. 여기도 새끼, 저기도 새끼, 온 바닥에 새끼뿐이었다. D군은 결국 그 자리에 주저앉아서 엉엉 울어 버리고 말았다. - 그 어디에도 성체는 보이지 않았다…! 어머니…. 아버지….

이곳에서는 갈 곳 잃은 어린 귀뚜라미 새끼들이 횡단하고 있었다. 그들에게 이곳은 빨간불 없이 건널 수 있을 유일한 횡단보도였을 테지. D군은 그런 귀뚜라미를 보며 스스로 연민했다. 그러니 눈물이 쏟아진 D군을 책망하기도 어려우리라.

어릴 적 D군의 할매는 벽돌 위 잡초를 뜯으며 이렇게 말했었다.

"그러게 그 막힌 데를 와 뚫겠다 용을 쓰노, 이리 또 뜯기고 밟히고 할 낀데."

D군은 고개를 끄덕이며 암요 할매, 하고 동의했었다.

그러나 지금 그는 그때의 대화가 자기 자신에게 비수가 되어 돌아왔다는 것을 눈치챈 패배자요, 뒤틀린 심정의 귀뚜라미 새끼여라. 사회의 두꺼운 유리창을 뚫겠노라고 박아 댔던 머리가 이제야 얼얼하게 지끈거렸다. 누가 그거 방탄유리라고 귀띔이라도 해 주면 얼마나 좋아? 그리고 이왕 이렇게 된 거 피라도 날 것이지, 상처 하나 없는 이 청명한 이마창이, D군은 자신의 이마가 얄미웠다.

D군의 주변은 이렇듯 비정의와 혼란과 세속의 연속이었다. 비정의는 세상에 미움을 가지게 했고 혼란은 그를 심란케 했으며 세속됨은 마음을 병들게 했다. 그러니 그가 이렇게 하늘을 노려보는 것은 주변의 탓이 컸다. 이렇게 남 탓을 일삼는 버릇도 대학생 시절 술자리에서 배운 것이었으니 이 역시 주변 탓임이 틀림없었다.

"노력하는 것들 쌔고 쌨어. 그 사이에서 내가 경쟁력이나 있겠어?" 이게 바로 선배 B양의 이유였다. 밤새 술을 퍼마시고, 아침에 머리를 부여잡고 끙끙대다가, 느지막이 일어나 또다시 술을 마시러 나가는 것이 삶의 루틴이 된 이유. D군은 그런 선배를 내치지 못했다. 그 쓸모없는 신세 한탄을 정말이지 꼭 들어 주어야만 했다. 그렇지 않으면 아이러니하게도 D군이 답답해 죽을 것 같았다. D군은 고해성사 신부의 자격이라도 주어진 양 그녀의 한탄을 들어 주고 있었지만 실은 그 반대로 그녀를 통해 스스로 가지는 경멸을 씻어 내고 있었다.

'그래 애보단 내가 더 인간답지… 내가 더 열심이지…'

42

우와

오늘 아침 나비를 두 마리나 봤어요
기분이 너무 좋아
근데 아시죠?
이건 정말이지 쉬운 일이 아니에요

존재 자체만으로도
상대를 행복하게
만들어 주는 것

나비 씨, 당신 멋져요

구내염

43

미대생1

미대 다니시죠?

나: 아아, 네 ㅎㅎ "미대" 다니고 "미래"가 없죠.

미대생2

철들기 싫어요… 언젠가부터 어른들은 우리에게
너무 차가워졌고… 저는 점점 때 묻고 늙어서
맑은 생각을 할 수 없게 되어 버렸어요…
저는 더 이상… 그때로 돌아갈 수 없겠죠… 그렇겠….

나: 어휴 그럼 철 내려놓든가.

구내염

미대생3

힘써서 한 번만 거기 꽂아 주라, 눈 한 번만 딱 감고

나: 오, ㅎㅎ 땅에 꽂아줄 순 있음

미대생4

교수님 바짓가랑이라도 잡고 저 전공이랑 안 맞는 것 같아요, 아니아니, 어쩌면 제가 전공에 재능이 없는 것 같아요, 하고 어린아이처럼 징징대고 싶었는데요.

'교수님, 제가 얼마나 심각하냐면요, 더 이상 저 자신을 조소과라고 소개해도 되는지를 모르겠어요. 너무 속이 상해서요.

누가 전공이라도 물어보면
말 못 할 사정이 있어 말할 수 없다고 해야겠어요…'
(정말 사정이 있어 그렇다는 듯 우울한 표정이 포인트랍니다.)

44

사당의 지하철에서

반백 살의 어느 아버지 하나가

수능 국어 문제집을 들고 탔습니다

늙어빠진 문제집의 윗니는 다 벌어져

그 새로 바람은 쉬이 통하고

아버지의 나이 주름이

무뎌진 표지 모서리가

색이 바랜 머리카락이

두 늙은이의 나이대를 짐작하게 합니다

하지만 아바이, 그 눈만큼은 번쩍거려 나 조금 놀랐습니다

접어 놓은 데는 수십만 개

그 안에 문제는 수백만 개

그의 머릿속 생각은 수천만 개

그렇게 아득히도 넘쳐 나는 인파 속에서 나는

더더욱 넘쳐 나는 당신의 것들을 보았습니다

구내염

구내염

45

여러분도 알겠지만 요즈음의 삶은 풍족에 풍족을 더해 즐길 수 있는 콘텐츠가 넘쳐 나고 있지요. 의식주뿐만 아니라 다양한 문화·예술과 취미 생활이 있어 우리의 삶은 보다 더 아름답더랍니다. 나는 아침에 일어나 남이 열심으로 만든 3분짜리의 음악 예술을 큰 수고 없이 들을 수 있고, 남이 열심으로 만든 튼튼하고 예쁜 옷을 입고 남이 열심으로 만든 전자기기를 온몸에 두른 채 길을 나섭니다. 아차차, 길만 나섭니까? 남이 열심으로 만든 문을 열고 남이 열심으로 만든 이동 수단을 타고 내려오지요. 그뿐만 아니라 남이 열심으로 만든 음식을 남이 열심으로 만든 지폐나 카드로 사 먹을 수 있습니다. 나는 이렇듯 참 풍족한 세상에서 열심으로 이뤄진 것들과 열심으로 살아가고 있습니다. 참 감사한 일 아닙니까?

여러분도 그런 마음으로 살아가길 바랍니다. 가끔은 그 어떤 것도 내 편이 아닌 것 같아 마음 아플 때가 있지요? 하지만 조금만 주위를 둘러보면, 아니지. 이 글을 읽고만 있어도 당신을 알 수 있을 겁니다. 이 책도 제가 1년 동안 열심으로 쓴 글들로 만들었습니다. 내 글이 열심으로 당신 편이 되어 주고 있습니다. 당신도, 누군가에게 열심으로 애정 받고 있답니다.

46

긍정보다는 부정이

제안보다는 거절이

쉬우니까

내가 알아서 할게

제발 잔소리 그만해

엄마가 뭘 안다고

그게 아니라니까?

잘 모르면서 아는 척은

없다고 몇 번을 말해

피곤해, 싫어

제발 날 내버려 둬

구내염

부정보다는 긍정이

거절보다는 제안이

어려울지라도

방 정리 좀 해라

잘하고 있지?

고생이네, 귀여운 우리 딸

토익이 취업 필수라던데

울 딸 좋아하는 거랑 비슷하네

무슨 일 있니?

엄마랑 커피 마시자

딸, 들어가도 되니?

47

그는 뭐가
그리 답답
하여 그 자
리 그대로 미
동 없이 앉아 있는가 구
부정한 허리에 헛발만 두어
개 짖어 내고 불편한 자세로 참 오
래 지탱하고 있구나, 땅 위 따악 올
린 두 발 위로 구부린 허리가 불쌍하여라
두 손만큼은 어디에 둘지 몰라 허벅지만 웅
큼 잡아채고   있는 것이 보는 내가 불안하구
　　러 목 위엔　　　　그 무엇도 없어, 잘려 버린
　　대가리 무엇　　　을 떠올리고 싶은지 한참을 그
　　자리에서 중　　　얼중얼 대화가 없고 사랑도 없어
　　이곳엔 사랑　　　이 없어, 그렇게 외치는 중. 비극
　　을 씹어 먹은 사　　람은 시인이 된다 하니 그는 시인.
　　실로 우매함에　　　탄복한 그는 시인. 시인은 현실을 시인
하지 못한다던데 시인한 시인은 시인의 자격이 없는가? 우매한 시력으로
보이는 것만을 믿고 흉한 콧구멍으로 기름 냄새를 빨고 처진 입만큼은 꼭
다문 채 열릴 생각도 없는데 역시 대갈통 있어 뭐 하나 싶더라. 얼마나 오래
이 자세로 버텼던 게요, 언제까지 이러실 거요, 물어도 댕강 썰린 대가리
만 잃은 채 그렇게
앉아만 있는 것
이다. 어찌 될진
나도 모르죠, 그
렇지만 전 계
속 여기 앉
아 고민하
고 있을랍니다
저 혼자 이곳에서,
없는 대가리로 열
심히 생각해 볼게요.

　　　　　　　　　　　　　　　　구내염

48

나는 널 너무 사랑해서

도마 위 널 올려 두고

밀대로 슬슬 밀어

납작하게 만들어 버린 다음에

그 안에 폭 잠겨

둘둘 말리고 싶어

구깃구깃 저며지고 싶어

구내염

① one person nup-hi-gi

② do-ma wi rolling

③ one person chu-ga-yo

④ rolling go go

⑤ done!

49

시술할까?

이유 없는 고민이었다. 정말 이유가 없었다. 어디 하고 싶은데? 이유 없는 고민이니 질문에 대한 대답에도 역시 이유가 없어 대답할 수 없었다. 정확히 어디를 어떻게 고치고 싶다고 생각해 본 적이 없으니 우물쭈물 얼버무리는 게 다였다.

"코? 코… 지금보다 작게… 아니지 아니지, 입?
입을 찢어야… 아니 그냥… 윤곽 시술 같은 거?"

시술에 대한 관심은 -역시 이유 없이- 종종 찾아온다. 사진 보정할 때, 불현듯 얼굴이 마음에 안 들 때, 남자들의 대시가 줄어들 때, 야식을 많이 먹었을 때.

지붕에서 떨어진 빗물이 돌을 뚫듯, 강인해 보였던 자존감도 인생에 별 필요도 없는 일들로 인해 무너지기도 한다. 신경도 안 쓰이던 목주름이, 접히는 뱃살이, 짧은 종아리가 하나둘 불편한 기색을 내비치는 것이었다. 이렇게 대뜸 찾아오는 순간들은 어쩌면 내게 무의미하다. 이유 없이 왔으니, 이유를 찾지 않고 보내면 되지 않는가?

구내염

그러니 또 그런 생각이 들어도, '또 왔나 보군.' 사라지기만을 여유롭게 기다리면 되는 일이었다. 나는 이렇게 또 나를 알아 간다, 사랑하면서 알아 간다. 역시 나는 나라서 날 사랑하고 있었다. 그게 다였으니, 그걸로 되었다.

구내염

사랑　　　　　　　사랑
사랑해요　　　　　사랑해요
사랑한다는 말은 여간 사랑한다고
가볍게 할 수 있는 말이 아니라서
그냥 하루 종일을 망설이다가
겨우 입 밖으로 밀어
내뱉는 말이어서
사랑해요
사랑

나는 매일을 살려 달라고 빌어

오늘도 살려 달라고 열 번은 넘게 애원했다. 자취방에 없는 엄마를 찾는다. 복층 틈 사이로 살구색과 푸른색의 커튼이 번갈아 일렁인다. 젖은 머리카락이 이마를 간지럽힌다. 발가락 끝부터 쥐가 기어올라 하반신이 부들거린다. 미세한 감각들이 모두 다 나를 괴롭히고 있지만, 나는 죽어도 일어나지 못한다.

왜냐면, 난 지금 가위에 눌려 있거든.

그놈의 가위가 또 도졌다. 이번에야말로 이겨 내는 줄 알았는데 22년 평생을 이겨 내지 못한다. 열여섯에는 미술이 하고 싶어서 눌렸고 열아홉에는 미술을 '잘' 하고 싶어서 눌렸다. 스물둘에는? 미술로 '뭘' 하고 싶어서 눌린다. 사랑하기 위해 아픈 건 무척 유감스러운 일이야.

그래서 나는 밤에 나간다. 졸려서 눈이 감길 때까지 놀고, 말하고, 일하고, 마시고, 먹고, 움직여야 밤에 지쳐 쓰러지듯 잠이 든다.

구내염

-수면부족이 나를 살린다

-고생길이 나를 살린다

-일거리가 나를 살린다

-그리고 **예술이 날 죽인다**

　나는 잠이 들면 아주 깊게 든다. 그러니까 애초부터 얕은 잠을 자는 사람은 아니다. 잘 때는 무척 잘 잔다. 문제는 그 '잘 때'가 아닐 때는 살려 달라고 간청하며 수면해야 하는 것이지, 신이 나에게 벌을 내린 게야. 오늘 열심히 살아가지 못해, 네가 이렇게 고통받는 것이라고. 지쳐 쓰러질 수 있을 만큼, 좀 더 열심히 살라고. 그래서 가위에 눌린 다음 날엔 각성이라도 된 것처럼 두 눈을 시뻘겋게 뜨고 할 일을 찾아다닌다. 내가 모자라고 실력 없는 만큼 더 바빠져야만 한다. 그래야 꿀맛 같은 깊은 잠에 빠질 수 있을 테니까.

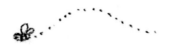

구내염

요즈음 어린 대학생들은 스펙을 쌓는다, 자기 계발을 한다 바쁘게 살고 있지요. 그런데 종종 이런 친구들은 자신에 대한 믿음을 얻다 팔아먹었는지 매일매일 불안함에 밤을 지새우고 있더군요. 지금까지 뚜렷하게 얻어 낸 것은 없고, 공부할 거리는 계속해서 쌓여 가니 그동안 해 온 것들이 죄 무용지물로 보이나 봅니다.

이는 마치 엄청나게 큰 항아리에 물을 한 바가지씩 부어 가며 과연 언제쯤 다 채워지나 막막해하는 것과 별반 다를 게 없습니다. 청년이여, 그대의 그릇이 크면 클수록 대기만성의 시간은 오래 걸릴 수밖에 없습니다. 항아리 속이 무척 깊어 얼마나 걸릴지는 정확히 알 수 없겠지만, 어느 정도 차오르게 되면 찰랑대는 게 보이기 시작할 겁니다. 그때는 눈앞에 고지가 보이니 더욱 열정적으로 퍼다 담을 수 있겠지요.

그러니 쉽게 좌절 마시고, 너무 아프게 타박 마시고, 긍정적인 믿음과 함께 살아 봅시다. 스스로를 자괴감에 몰아넣기에는, 그동안 정말 많이 고생해 왔잖아요.

53

어릴 적 살던 집은 16층이었는데
가끔 멋진 매미들은 여기까지 올라오기도 했다
16층까지 올라와 주다니
나 좀 감동받았어…

구내염

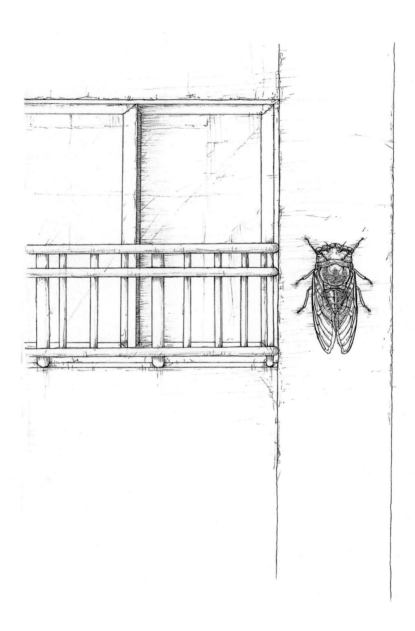

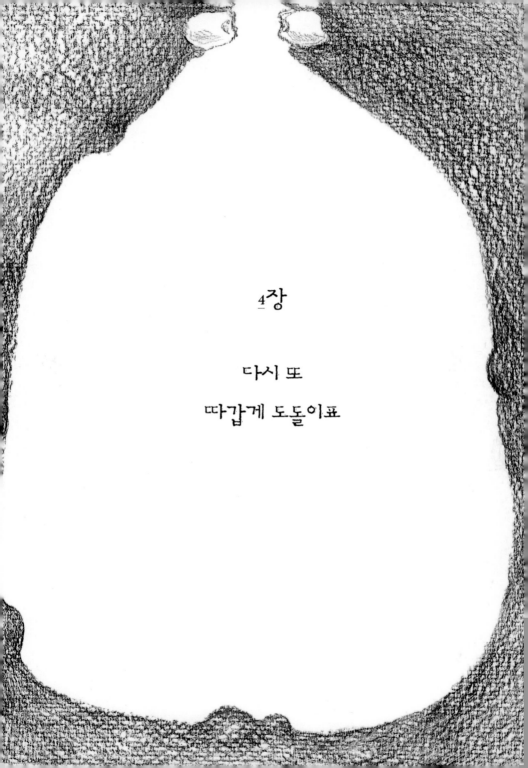

4장

다시 또

따갑게 도돌이표

54

어른 말을 이해하지 못하는
짧은 시기가 더 필요했던 것 같아요
저는 그들의 마음을 너무 일찍이 이해했고
공감마저 너무 빨리 해 버렸던 것 같아요

구내염

55

미련에 쩝쩝 입맛을 다시며

당신을 내려놓았다

변한 당신도 당신이라지만

역시 그것만으로는 충분하지 않더라

잘 가라 당신아

너는 몸에 맞지 않는 온도에서도

최선을 다해 버텨 보려 했구나

이제는 놓아주려 한다

그렇게 당신을 보낸다

구내염

-잘 가, 배스킨라빈스

56

서커스 단원

그는 보기 흉하게 긴 팔다리를 - 남들이 보기엔 불편해 보이기 그지없었으나 본인은 이미 적응이 되어 무감각해진 채로 - 접어 앉고는 그 누구도 묻지 않은 것에 대해 말하기 시작했다.

"…어쨌든 저와 같은 서커스 단원들은 도마 위 횟감이라도 된 듯 무대에 내던져집니다. 당장 서커스장 무대만 보아도 무척 끔찍한 모양새지요. 그 둥글고 커다란 무대 주변으로 관중들이 빼곡하게 들어서서 머리만 내밀고 있다니까요! 그들이야 기대에 가득 차 반짝반짝 생기 넘칠 테지만 저와 같이 사명감 없는 서커스 단원에게는 오히려 비참한 일이 아닐 수가 없을 겁니다. 저는 뭐 웃기려고 태어났습니까? 불구덩이에 뛰어들고 화살을 피해 가며 죽을 고비를 넘기는, 한낱 가벼운 오락거리일 뿐인가요! 나는 뭘 위한 인간인가요? 잠시만, 뭘 위해야지만 인간일 수 있나요? 그러니까 제가 인간은 맞나요? 인간은 대체 무엇에 의해 인간이라고 불릴 수 있는 걸까요?"

구내염

"으이구, 이 사람아. 그럼 나는 뭐 나무깎이 기계인가?"

서커스 소품을 만들던 작업쟁이는 쉬이 가시질 않는 딸꾹질에 겨우 숨을 헐떡이며 말을 이어 갔다.

"나무를 깎는 게, 나 또한 썩 원하던 일은 아니었지만(딸꾹), 그렇게까지 애석히 생각해 본 적은 또 없네. 나무를 깎는 건, 그저 나무를 깎는 것 아닌가. 더 이상의 비참함까지 가져야겠는가?"

서커스 단원은 뜨겁게 타오르는 장작더미만 노려보고 있었다. 눈물방울이 덩어리지고 가래침이 들끓었지만 그는 뱉지 않고 꿀떡꿀떡 삼키는 걸 반복했다. 그는 당장의 가래침보다 자신도 알 수 없는 내재의 뜨거움을 뱉고 싶었다. 작업쟁이는 그런 그를 한심 반, 안타까움 반으로 응시했다. 아무래도 작업쟁이 딴에는 새빨갰던 시절 겪어본 감정이었으리라.

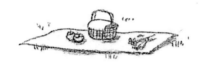

구내염

"(방금 막 나온 따끈따끈한 김밥을 물끄러미 바라보며) 차라리 나보다 김밥이 더 낫다…."

"얼씨구? 미친놈…."

"…옆에서 보기엔 길지만 앞에서 보면 또 둥글잖아, 단편적인 애는 아닌 거지. 확실히 포용력도 있어. 단무지, 당근, 불고기, 치즈, 시금치, 우엉, 죄다 다른 거 싸그리 담아 놨는데 얇은 김 하나 깔아 놓고는 돌돌 말아서 분란 없이 김밥이 되었잖아. 싸움, 경멸, 미움, 전부 해결할 만한 지성이 있다는 거지. 야, 그것만 괜찮은 줄 아냐. 김밥은 그냥 맛있잖아. 남녀노소 가리질 않고 찾아. 보드랍고 맛난데 아삭하기까지 하잖아. 그러면서 또 건강해. 이런 사기 캐릭터가 또 어디 있냐? 아, 김밥이 진짜 나보다 낫다…."

"(벙찐 표정으로) 생각해 보니 더 미친놈…."

58

어쨌든 떠오르는 추억들은
네모난 상자 바깥에서 만들어지잖아요
참 그때 좋았지 싶던 건
조그만 유리벽 너머에서 있었던 일이잖아요

구내염

59

"나는 싫어."

이 한마디 내뱉기 위해 영겁의 시간을 망설였습니다. 물론 말하기 전부터 몸은 조금씩 꿈틀거렸어요. 차가운 침묵에 맞서 저항하고 싶었거든요. 그런데요, 이 미친 자살 단체는 머리를 꼬꾸라트린 채 땅바닥으로 곤두박질치는 요상한 자살 행위를 멈추지 않습니다. 그제야 뭔가 잘못되었다는 사실을 알았어요. 모두 눈동자가 새까맣게 파여 있었거든요. 까맣고, 축축하게.

바닥을 향해 미동도 없이 떨어지는 동료들에게 악에 받친 비명을 지르다 보니 어느새 전 바닥과 가까워지고 있더군요. 내가 깨어나라 외친들 변하는 건 없구나. 그걸 이제야 알아 버린 거지요. 음, 그러면서 배우는 건가. 하지만 배워서 뭐 해? 곧 죽을 텐데. 그건 그래. 응.

바닥에 부딪히면 저는 어떻게 될까요? 이건 불필요한 질문, 사실 저는 압니다. 이미 바닥을 흥건히 적신 동료들의 시체가 홍수를 이루고 있거든요. 많이 아플까요?

구내염

그것은 모릅니다. 죽은 자는 말이 없으니까요. 저는 눈을 꼬옥 감습니다. 겨울은 춥습니다, 겨울만 추울까요? 그것도 또 모르는 일입니다. 오늘이 겨울이고, 제 마지막 오늘일 것입니다. 입을 앙다뭅니다. 땅바닥에 부딪힐 때의 충격에 혓바닥을 씹으면 안 되니까요.

찰나의 순간 저는 소원을 빕니다. 다음엔 어여쁜 새벽이슬로 태어나게 해 주세요. 이 염병할 자살 단체가 아닌, 새벽녘 햇빛의 기운을 받아 승천하는 종교 단체의 일원이 되고 싶어요.

오늘은 겨울비가 내립니다

60

나는 그런 걸 못해

물 적당히 따르기
연필 안 부러트리고 깎기
넘치지 않게 사랑 주기
그런 거

구내염

구내염

61

기억해 내자

세상에 쌓이는 모든 것은 아름답다

문화

역사

돌

흙

기억

그렇게 쌓이는 것들은 눈물을 낳는다
감동을 흘린다

62

사람 믿는 거 아니다?

그 흔한 말을 으레 그렇듯 나는 믿지 않았다. 나는 다르니까, 내 곁에 있는 사람들에게 누구보다도 잘해 줄 자신이 있었으니까. 실제로 나는 최선을 다하고 있다. 사랑하고 보듬어 주며 언제나 이해하려 한다. 합리화의 귀재답게 스스로를 합리화하는 방식도 특출나지만 상대의 모든 일을 (실제로 내 기준 그 행위를 이해할 수 없더라도) 이해하기 위해 머릿속을 강제로 초기화 → 합리화시키는 멋진 통일성을 보여 주었다. 허이구, 근데 사람 믿지 말라는 말은 좀 믿을걸….

쿨하게 잊어버리라는 말, 솔직히 나는 그렇게 못 한다. 본래 쿨한 사람이 아니니까. 차라리 용서하고 뜨겁게 껴안아 버리고 싶은 게 내 마음인데 어떻게 그 모든 걸 시원스레 잊어버리겠니. 내가 이래서 모두에게 마음을 꺼내 줄 수가 없다니까?

조금만 내게서 멀어지면 금방을 잃는데 무얼 다 내주겠어. 차라리 용서를 빌어, 차라리 화를 내, 차라리 소리를 치란 말이야. 침묵을

구내염

이용한 단절이 나는 너무 잔인해 치가 떨렸다. 이제는 만나는 순간부터 물어봐야겠다. 제가 혹시 그대를 믿어도 될까요? 제발 좀 믿읍시다. 믿을 수 있게 서로 사랑합시다. 내가 당신께 무리한 부탁을 했나요?

a는 저 좋자고 나를 버렸다. 내가 그에게 그 정도밖에 안 되었나 가끔은 의아하다. 솔직히 a라는 가짜 이름보다야 본명을 부르고 싶은 마음이 앞서지만 그를 위해 가명을 사용하기로 한다. 본명이 예쁜데 제대로 부르지 못하는 건 퍽 애석한 일이다. 그러게 나한테 좀 잘해 주지 그랬어.

a가 나를 억지로 잊은 척하는 이유를 이해하지 못하는 건 아니다. 나라도 그런 상황에서는 '그냥 모른 척해 볼까' 몇 번은 생각해봤겠으나 그렇다고 진짜 모르고 지내는 건 서로에 대한 예의가 아니지 않은가? a와 나는 단둘이 밥도 먹고 사진도 찍고 연극도 보고 해외여행도 갔다(물론 이 여행으로부터 시작된 인연이긴 하다만). 같은 학교를 다니다 보니 교양 얘기부터 시작해 사사로운 얘기까지 털어놓는 사이였거늘 단지 지금 당장 "불편"하다는 이유로 날 잊으려 작정했다니 실망이다. 솔직히 말해 이 망각은 불가피한 일이 아니었다. 굉장히 이기적이고 게으른 행위였다. 나와 얼굴을 맞대고 불편한 이야기를 꺼내 놓을 자신이 없어 부끄럽게도 날 지워 낸 것

이다. 참 실망스러운 일이 아닐 수 없다. 나와 연을 끊어 내더라도, 최소한 이렇게 하지는 말았어야 했다. 인생네컷 사진이 내 방 벽에 붙어 부실하게 흔들거린다. 저걸 떼어 말아?

　내가 a에게 그만한 사람이 되지 못했다면 나도 잊고 기억 속 그를 놓아 줄 법도 한데 그렇게는 못 하겠다. a와 내가 특별히 가까웠던 사이가 아니더라도 이렇게 놓아 버릴 사이는 또 아니지 않았나 싶다. 그렇다고 내가 먼저 연락하여 구차하게 해명할 것도 없으니 올해도 나는 또 a에게 기회를 준다. 자체적인 기회, 어쩌면 a가 그것보다는 그릇이 큰 사람일 것이라는 희망, 또는 a가 그때의 선택을 지금 후회하고 있을지도 모르겠다는 생각.

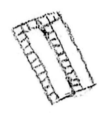

구내염

63

성장은 내가 해야 해요
엄마가 대뜸 밀어 버려서
덜컥 성장해 버리면요
겁이 나서 나 더 이상
홀로 성장할 수 없어요

배움은 내가 해야 해요
아빠가 무작정 가르친다고
갑작스레 알아 버리면요
나 도저히 자신이 없어
홀로 배울 수가 없어요

눈물이 되새김질이라도 하는지 분명 어제 울었는데 오늘도 울고 있네요. 허구한 날 잊고 지내려 해도 노력이 필요한 기억은 쉽게 막을 수 없지요. 밥알 하나하나 입안에서 세 봅니다. '아프다.' 아프다고 말하고 싶은데 나조차도 이 아픔이 어려워서 무척 답답합니다. 나는 더 작아지고 싶은 마음에(세상에, 여기서 더 작아질 것도 없으면서…) 몸을 웅크려 봅니다. 탄자니아에서 약 1만 킬로미터를 날아와 알을 까는 뻐꾸기처럼 나에게도 평생을 귀찮게 할 기억들이 있어요. 남 둥지에 기생하는 요 얄궂은 친구들처럼 내 마음에도 방해꾼이 있는 것이지요. 그러니 겉으론 이 내 마음 포근해 보여도, 실상은 무척 고된 것을. 내 마음속 이곳은 무척 전쟁터여요. 곧 나를 쪼아 댈 기억들이 밤 귀신처럼 나타나겠지요. 부득부득 쪼아 가슴에 핏덩이를 내어 쓰라린 가슴팍 쥐어 들고 오늘 밤 잠 못 이루도록 하겠지요.

p.s. 미안하다고 연락하지 마라, 이왕 가혹하게 괴롭혔던 거, 미워하게라도 해 줘.

65

"그저 잊으라고 하는 너에게 한마디만 할게. – 어쩌면 두세 마디가 될 수도 있어. – (휴지로 입가를 닦으며) 그건 마치 귀때기에 발을 붙이고는 깔깔댔던 코찔찔이 시절을 비웃는 거나 다름없어. 그때는 그 '여보세요' 한마디가 웃겨서 신이 난 채로 발버둥 쳤단 말이지. (결연한 표정으로) 그때 그 일들을 난 영원히 기억할 거야. 기억은 옳고 그름에 기필코 합의되지 않아, 그저 그것대로 소중할 뿐이야. 내 말 무슨 뜻인지 이해했니?"

(상대는 마시던 커피만 응시한다.)

구내염

〈잊지 못할 당신에게〉

2021. 6. 20.(2023 전시작)

당신이 과거의 기억에 예민한 것은

본 것들을 그만큼 사랑했다는 것이다. 사랑하지 못할 것 같았던

기억들마저도 당신은, 당신은 또 사랑했을 테다. 그걸 또

추억이랍시고 가시 돋친 기억들을

꼭 껴안았을지도 모른다.

'임 향한 일편단심 가실 줄이 이시랴' 했던 지난날의 시간들이

당신에겐 사랑이었으리라.

또 기억이었으리라. 그래서 기억이 기억되었으리라.

구내염

66

고양이 인간
부제: 야옹이는 야옹도 못 해요

새벽녘만 되면 고양이가 말썽이다. 야옹대는 수준이 발정기를 넘어섰으니 주민들의 원성도 괜한 트집이라 하기 어려운 실정이었다.

"저놈의 도둑고양이 싹 다 구청에서 잡아가야 해!"

오늘도 런닝 아재-매일 목 늘어진 난닝구를 입고 담배를 피러 나오는, 이외에 나가는 걸 본 적이 없는 양반인데 나랑은 일면식만 있는 사이다.-는 화단을 보며 그르렁거렸다. 실은 그 정도의 심통이야 무척 양반인 것이, 노여움에 찬 주민들은 새끼 고양이만 봐도 있는 욕 없는 욕을 긁어 담아 쌍욕을 했다. 음식물 쓰레기를 다 뜯어 놓는 악취 야옹이, 새끼 배겠다고 발정기만 오면 난리인 짐승 야옹이, 거시기를 잘라 놔도 영역이니 뭐니 죽어라 싸우는 악행 야옹이···. 런닝 아재가 현관 발치에 엉거주춤 서 있는 나를 보더니 이골이 난 표정을 풀고 고개로만 인사했다. 나는 애써 어색한 미소를 지어 보이곤 가죽가방 끈을 고쳐 메며 단지를 나섰다. 털이 수북한 손등을 애써 긴 소매로 가린 채.

 이렇게 변해 버린 데에는 사연이 없었다. 무던한 성격 탓에 머리
카락도 아니고서야 거시기 털 빠지는 게 무슨 상관이겠느냐며 대수
롭지 않게 여겼던 것이 재앙의 시작이었다. 꼬불거렸던 거시기 털
이 점점 빠지더니 민둥산이 된 자리에서 송아지 털처럼 빳빳한 연
갈색의 직모가 다시 자라나기 시작했다. 하룻밤 사이에 일어난 모
든 것이 하나도 빠짐없이 전부 황당하여 뭐가 어떻게 되어 가는 건
지 처음에는 짐작도 못 했다. 배레나룻부터 자라난 이 털들은 점점
온몸으로 퍼져 옷으로 가리기 애매한 부분으로까지 번져 나갔다.
온몸이 털로 뒤덮이고 나서야, 마지막으로 항문 위로 만져지는 딱
딱한… '꼬리?' 그제야 나는 뭔가 잘못되었다는 걸 느꼈다.

 그래,

 나는 고양이가 되어 가고 있었다.

67

무참히 밟힌 개미 한 마리의 비명은 먹이를 찾아 방황하던 어린 개미들의 가슴팍을 뜨악 잡아 뜯었을 테지요. 핏물 터져 뭉그러진 행색과 마주할 수 없어 모두 고개만 떨구고 지나갔겠지요. 과연 죽기만 하면 호상이게요, 어린아이의 손에 들려 숨이 끊어지는 마지막 순간까지 희롱당하면요?

그러니, 고통에 울부짖는 목소리가 제아무리 컸어도 모두 이를 악물고 지나쳤을 겁니다. 애석하게도 고작 한 마리의 비운을 안타까워할 만큼 그들에게 주어진 시간은 많지 않기 때문입니다.

안녕, 사실 인사도 사치입니다. 개미들에게는 각인된 길을 따라야만 한다는 숙명이 있습니다. 그놈의 운명이 개미들을 이렇게 만들었습니다. 태어날 적부터 그리 살아야만 했던 개미 씨들의 일상이 과연 바뀔 수 있을까요?

68

아이는 산을 올랐습니다

아래부터 위까지

길은 매우 험난하였지만

묵묵히 올랐습니다

거의 올라온 듯 보였습니다

이곳은 정상

이 산의 정상

하지만 아이는

아이는 더 높은 산을 보았습니다

높은 곳에 가면

더 높은 곳이 보이는 법이지요

아이는 절망하여

거칠고 까마득한 절벽 아래로

몸을 던졌습니다

구내염

아이는 다시 바닥입니다

69

예술은 내게 악명 높은 사나이이자 소리 소문 몰고 밀려오는 잠식 행위자입니다만 불행히도 내가 그를 참 사랑합니다. 언제부터 이렇게 사랑했나 알 수는 없어도 이렇듯 사랑함에도 매일 미워하고 미워하니 무척 고약해진 악연인지라 그 관계를 끊어내지 못하고 수면 위 숨만 꼴딱대며 개헤엄을 치는 꼴입니다. 이렇다보니 예술을 할 팔자는 아니라고 생각할 수밖에 없습니다. 나를 암살하려 하는 것을 내 팔자로 들일 수는 없잖습니까. '예술을 할 팔자는 아니다'라는 말은 그 어떤 맥락에서나 설득력 있게 써먹기 좋은, 무척 매력적인 구절입니다. 이 문장은 허구한 날 쏟아지는 푸념들 - '예술인이 되려면 한참 멀었다 ' 따위의, 자학적인 태도의 자기 심문 - 에 정직한 결론으로도 붙어먹기 좋으니 이렇게 유용할 수가 없습니다. 이렇게까지 이야기가 길어지고 있다는 건 그만큼 스스로가 박복한 팔자이길 내심 기대하고 있는 걸지도 모릅니다. 그러니까 지끈지끈 아픈 머리를 눌러가며 '예술' 하고 있는 겁니다 내가.

구내염

70

괴짜 같은 꿈을 꾸는 건 어쩌면
축복받은 걸 거야

친애하는 여러분에게

　쓰고 싶어서 쓰다 보니 이렇게 책이 되어 있네요. 주변 지인들에게는 책을 만들고 있다고 자주 밑밥을 깔아 왔지만 솔직히 말해 진짜 만들 수 있을 거라고는 확신을 할 순 없었습니다. 나는 아직 많이 어린, 22살의 여민영인걸요. 그런데 대체 어쩌다 책을 만들게 되었냐고 물어보신다면요, 먼저 제가 어떤 사람인지부터 아셔야겠지요.

　여러분, 나는 생각이 너무 많은 사람입니다. 가끔은 머리에 대고 그만 좀 생각하라고 버럭 성질을 내고 싶을 정도로 말이에요. 이왕 피곤하게 살 팔자라면 잡념이라도 좀 지우고 살자는 마음으로 시작한 글쓰기였는데 판이 커졌던 게지요. 그렇게 끄적거려 온 것들을 다 모아서 꼼꼼히 정리하고, 다듬고, 매만져서 완성한 게 바로 이 책입니다. 많이 애정하고, 사랑하는 나의 첫 책이지요.

　여러분, 나는 여러분을 무척이나 사랑해요. 나는 아무 조건 없이

　　　　　　　　　　　　　　　　　　　　　　　　　구내염

여러분을 모두 사랑해 볼 자신이 있어요. 그래서 그런지 그 생각에 너무 아픕니다. 남에게 서슴없이 아픔을 선사하는 사람들을 볼 때면 그들마저 빠짐없이 사랑할 자신이 없어지기 때문입니다. 그래서 나는 이렇게 생각해 보기로 합니다. 실은 그들 잘못이 아니라, 구내염 걸린 그놈의 '입'들이 문제였던 거라고. 마치 오염된 물관 탓에 흙탕물이 쏟아져 나오는 수도꼭지처럼, 그들은 마음에서 비롯된 숭고한 진심이 구내염에 의해 더럽혀지는 것을 미처 지켜 내지 못했을 뿐이라고. 남에게 고약한 말들로 상처를 주는 여러분을 보며, 그 마음이 진정 못나서 그런 거라 오해하고 싶지는 않아요. 사실 여러분의 진심은 그게 아니었잖아요. 일이 이렇게 그릇될 줄은 몰랐지요. 집 한구석에 숨어 엉엉, 된통 우셨죠. 속상해서 마음고생 좀 하셨지요. 내 말이 맞죠?

괜찮아요, 괜찮아. 그러실 수 있지요. 다만 문제는 그게 너무 잦다는 거예요. 모두 남몰래 구내염 하나씩 키우고 계시는지, 혐오와 상처가 늘어만 가고 있습니다. 본래 예뻤던 마음씨가 단지 구내염으로 인해 그렇게 변질되어 드러난 거라면, 우리 어서 빨리 치료합시다. 어여 나아서, 어여쁜 마음을 보여 주세요.

그동안 나는 계속해서, 이곳에서, 진심을 다해,
당신들을 모두 사랑하고 있을게요.

줄 수 있는 모든 사랑을 담아,
작가 여민영

구내염

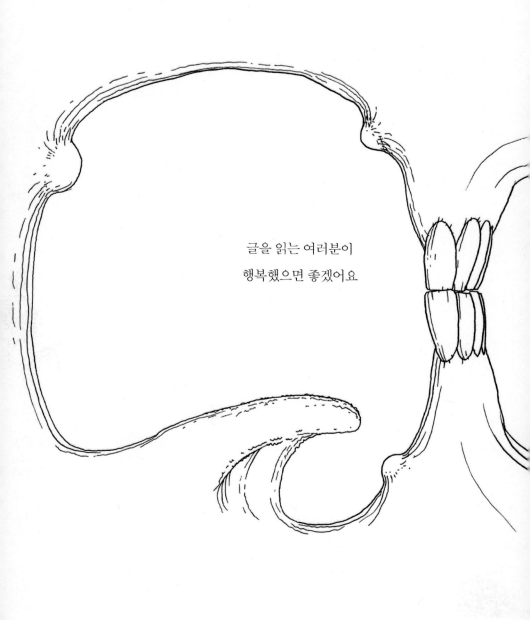

글을 읽는 여러분이

행복했으면 좋겠어요